매일, 시 한 잔

두 번째

매일, 시 한 잔 두 번째

초판 1쇄 발행 2021년 2월 22일
개정 1쇄 발행 2023년 10월 20일
개정 3쇄 발행 2024년 11월 10일

지은이 | 윤동주 외
펴낸이 | 金湞珉
펴낸곳 | 북로그컴퍼니
주소 | 서울시 마포구 와우산로 44(상수동), 3층
전화 | 02-738-0214
팩스 | 02-738-1030
등록 | 제2010-000174호

ISBN 979-11-6803-071-8 03810

오늘도 시를 읽고, 쓰고, 가슴에 새기다

윤동주 외 지음
배정애 캘리그라피

매일, 시 한 잔

두 번째

북로그컴퍼니

일러두기

· 본 개정판은 2021년 출간한 《매일, 시 한 잔 : 두 번째》 초판에서 시 14편을 교체해 수록했습니다.

· 이 책에 실린 시 전문은 한국문예학술저작권협회와 출판권을 가진 출판사를 통해 원작자의 동의를 얻어 수록한 것입니다.

· 띄어쓰기와 맞춤법, 구두점 등의 표기는 원본을 따랐습니다. 일부 시의 경우 원작자에게 원문을 확인받아 실었습니다.

잊지 않기 위해
매일 시 한 잔을 마십니다

꿈꿔왔던 날의 황홀함
첫눈 내리던 날의 설렘
사랑하는 이와의 행복
오해가 빚어낸 상처

그럼에도 기억하고 싶고
추억하고 싶은 나의 하루

그날을 잊지 않기 위해
매일 시 한 잔을 마십니다.

한 모금 한 모금
내 몸과 마음에 따스함이 스며듭니다.
찬찬히 시 한 잔이 들어옵니다.

한 잔, 오늘의 시를 골라보세요

오늘 내 마음에 가까운 시를 하나 골라보세요.
어느 페이지든 좋아요.
내 마음이 멈추는 곳이라면
그곳에 머물러주세요.

*
*

한 잔, 오늘의 시를 읽어보세요

따스한 차를 마시듯 찬찬히 시를 읽어보세요.
첫맛과 끝 맛에 온 신경을 집중하듯이,
혀를 살짝 굴려 어떤 맛이 나는지 놀이하듯이,
시를 읽으며 내 마음이 하는 소리에 귀 기울여보세요.

한 잔, 오늘의 시를 따라 써보세요

시를 읽다가 내 마음을 울리는 문장이 있다면
좋아하는 펜을 잡고 차분히 적어보세요.
단어도 좋고 내 느낌을 적어봐도 좋아요.
오늘이 아니면 절대 오지 않을 이야기를 새겨보세요.

*
*

한 잔, 오늘의 시를 마셔보세요

오늘 내 마음에 온 시는,
오늘 마셔야만 온전히 우러나는 차.
당신의 삶에 가장 가까운 시를 선물할게요.
매일 한 잔씩 골라 천천히 음미해보세요.

차례

PART 4 마음도 허공도 한 꽃송이

PART 5 그래도 너와 함께 가야 한다지

PART 1

오늘도 나는 너에게 편지를 쓰나니

오늘도 나는 너에게 편지를 쓰나니
그리운 이여 그러면 안녕
설령 이것이 이 세상 마지막 인사가 될지라도
사랑하였으므로 나는 진정 행복하였네라

사랑의 물리학

김인육

질량의 크기는 부피와 비례하지 않는다

제비꽃같이 조그마한 그 계집애가
꽃잎같이 하늘거리는 그 계집애가
지구보다 더 큰 질량으로 나를 끌어당긴다
순간, 나는
뉴턴의 사과처럼
사정없이 그녀에게로 굴러 떨어졌다
쿵 소리를 내며, 쿵쿵 소리를 내며

심장이
하늘에서 땅까지
아찔한 진자운동을 계속하였다
첫사랑이었다

내 마음을 아실 이

— **김영랑**

내 마음을 아실 이
내 혼자 마음 날같이 아실 이
그래도 어데나 계실 것이면

내 마음에 때때로 어리우는 티끌과
속임 없는 눈물의 간곡한 방울방울
푸른 밤 고이 맺는 이슬 같은 보람을
보밴 듯 감추었다 내어드리지.

아! 그립다
내 혼자 마음 날같이 아실 이
꿈에나 아득히 보이는가

향 맑은 옥돌에 불이 달아
사랑은 타기도 하오련만
불빛에 연긴 듯 희미론 마음은
사랑도 모르리 내 혼자 마음은.

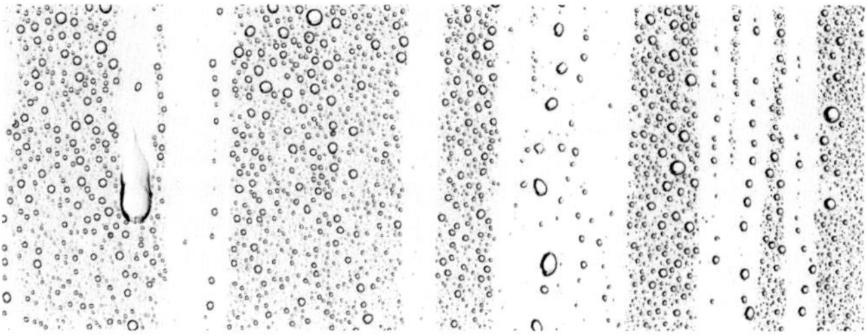

그리고 미소를

— **폴 엘뤼아르**

밤은 결코 완전한 것이 아니다
내가 그렇게 말하기 때문에
내가 그렇게 주장하기 때문에
슬픔의 끝에는 열린 창이 있고
불 켜진 창이 있다
언제나 꿈은 깨어나고
욕망은 충족되고 굶주림은 채워진다
관대한 마음과
내미는 손과 벌리는 손이 있고
주의 깊은 눈이 있고
함께 나누어야 할 삶, 삶이 있다

공원

자크 프레베르

수천 년에 또 수천 년도 부족하리
우주의 한 별 지구
지구 위의 파리
그 파리의 몽수리공원에서
겨울 햇빛 아래
어느 날 아침
나와 그대
그대와 내가 입맞춤한
영원의 한순간을
다 얘기하기엔

별 헤는 밤

— 윤동주

계절이 지나가는 하늘에는
가을로 가득 차 있습니다.

나는 아무 걱정도 없이
가을 속의 별들을 다 헤일 듯합니다.

가슴속에 하나 둘 새겨지는 별을
이제 다 못 헤는 것은
쉬이 아침이 오는 까닭이오,
내일 밤이 남은 까닭이오,
아직 나의 청춘이 다하지 않은 까닭입니다.

별 하나에 추억과
별 하나에 사랑과
별 하나에 쓸쓸함과
별 하나에 동경과
별 하나에 시와
별 하나에 어머니, 어머니,

어머님, 나는 별 하나에 아름다운 말 한마디씩 불러봅니다. 소학교 때 책상을 같이 했던 아이들의 이름과, 패(佩), 경(鏡), 옥(玉) 이런 이국 소녀들의 이름과 벌써 애기 어머니 된 계집애들의 이름과, 가난한 이웃 사람들의 이름과, 비둘기, 강아지, 토끼, 노새, 노루, '프랑시스 잠' '라이너 마리아 릴케', 이런 시인의 이름을 불러봅니다.

이네들은 너무나 멀리 있습니다.
별이 아슬히 멀듯이,

어머님,
그리고 당신은 멀리 북간도에 계십니다.

나는 무엇인지 그리워
이 많은 별빛이 내린 언덕 위에
내 이름자를 써보고,
흙으로 덮어버리었습니다.

딴은 밤을 새워 우는 벌레는

별 하나에 시와
별 하나에 어머니, 어머니

부끄러운 이름을 슬퍼하는 까닭입니다.

그러나 겨울이 지나고 나의 별에도 봄이 오면
무덤 위에 파란 잔디가 피어나듯이
내 이름자 묻힌 언덕 위에도
자랑처럼 풀이 무성할 게외다.

꽃가루 속에

이용악

배추밭 이랑을 노오란 배추꽃 이랑을
숨 가쁘게 마구 웃으며 달리는 것은
어디서 네가 나즉히 부르기 때문에
배추꽃 속에 살며시 흩어놓은 꽃가루 속에
나두야 숨어서 너를 부르고 싶기 때문에

나는 바람

— 조이 에이킨즈

나는 흔들리는 바람
너는 꿈쩍 않는 육지
나는 모래 위를 지나가는
그림자

나는 떨리는 나뭇잎
너는 흔들림 없는 나무
너는 변치 않는 별
나는 늘 움직이는 바다

너는 꺼지지 않는 빛
횃불처럼 나는 죽으리
너는 깊은 음악의 파도
나는 고작 외마디 외침!

I Am the Wind

— **Zoë Akins**

I am the wind that wavers,
You are the certain land;
I am the shadow that passes
Over the sand.

I am the leaf that quivers,
You, the unshaken tree;
You are the stars that are steadfast,
I am the sea.

You are the light eternal—
Like a torch I shall die;
You are the surge of deep music,
I— but a cry!

미워하지도 사랑하지도

— **하인리히 하이네**

그들은 나를 괴롭히고 노하게 하였다,
파랗게 얼굴이 질리도록.
어떤 이는 나를 사랑해서,
어떤 이는 나를 미워해서.

그들은 나의 빵에 독을 섞고
나의 잔에 독을 넣었다.
어떤 이는 나를 사랑해서,
어떤 이는 나를 미워해서.

그러나 나를 가장 괴롭히고 화나게 하고 슬프게 한
바로 그 사람은
나를 미워하지도
사랑하지도 않았다.

행복

— 유치환

— 사랑하는 것은
사랑을 받느니보다 행복하나니라
오늘도 나는
에메랄드빛 하늘이 환히 내다뵈는
우체국 창문 앞에 와서 너에게 편지를 쓴다

행길을 향한 문으로 숱한 사람들이
제각기 한 가지씩 생각에 족한 얼굴로 와선
총총히 우표를 사고 전보지를 받고
먼 고향으로 또는 그리운 사람께로
슬프고 즐겁고 다정한 사연들을 보내나니

세상의 고달픈 바람결에 시달리고 나부끼어
더욱더 의지 삼고 피어 홍클어진 인정의 꽃밭에서
너와 나의 애틋한 연분도
한 망울 연연한 진홍빛 양귀비꽃인지도 모른다

— 사랑하는 것은
사랑을 받느니보다 행복하나니라

W
E

오늘도 나는 너에게 편지를 쓰나니
— 그리운 이여 그러면 안녕
설령 이것이 이 세상 마지막 인사가 될지라도
사랑하였으므로 나는 진정 행복하였네라

달빛

폴 베를렌

그대의 영혼은 빼어난 풍경화
화폭위를 멋지게 분장한 광대와 춤꾼들이
류트를 연주하며 춤추고 지나가지만
그들의 환상적인 가면 뒤로 슬픔 비치네

모두들 단조 가락에 맞추어 노래하네
쟁취한 사랑과 느닷없는 행복을
자신들의 행운이 믿기지 않는다는 듯
그들의 노래를 달빛과 섞네

슬프지만 아름다운 달빛은 조용히
새들을 나무에서 꿈꾸게 하고
대리석상들 한가운데 늘씬한 분수는
높다랗게 물 뿜으며 황홀함에 흐느끼네

찔레

— 문정희

꿈결처럼
초록이 흐르는 이 계절에
그리운 가슴 가만히 열어
한 그루
찔레로 서 있고 싶다

사랑하던 그 사람
조금만 더 다가서면
서로 꽃이 되었을 이름
오늘은
송이송이 흰 찔레꽃으로 피워놓고

먼 여행에서 돌아와
이슬을 털듯 추억을 털며
초록 속에 가득히 서 있고 싶다

그대 사랑하는 동안
내겐 우는 날이 많았었다

아픔이 출렁거려
늘 말을 잃어갔다

오늘은 그 아픔조차
예쁘고 뾰족한 가시로
꽃 속에 매달고

슬퍼하지 말고
꿈결처럼
초록이 흐르는 이 계절에
무성한 사랑으로 서 있고 싶다

적경 寂境

백석

신살구를 잘도 먹드니 눈오는 아츰
나어린 안해는 첫아들을 낳었다

인가(人家) 멀은 산(山)중에
까치는 배나무에서 즞는다

컴컴한 부엌에서 늙은 홀아비의 시아부지가 미역국을 끓인다
그 마을의 외따른 집에서도 산국을 끓인다

그 복숭아나무 곁으로

— **나희덕**

너무도 여러 겹의 마음을 가진
그 복숭아나무 곁으로
나는 왠지 가까이 가고 싶지 않았습니다
흰꽃과 분홍꽃을 나란히 피우고 서 있는 그 나무는 아마
사람이 앉지 못할 그늘을 가졌을 거라고
멀리로 멀리로만 지나쳤을 뿐입니다
흰꽃과 분홍꽃 사이에 수천의 빛깔이 있다는 것을
나는 그 나무를 보고 멀리서 알았습니다
눈부셔 눈부셔서 알았습니다
피우고 싶은 꽃빛이 너무 많은 그 나무는
그래서 외로웠을 것이지만 외로운 줄도 몰랐을 것입니다
그 여러 겹의 마음을 읽는 데 참 오래 걸렸습니다

흩어진 꽃잎들 어디 먼 데 닿았을 무렵
조금은 심심한 얼굴을 하고 있는 그 복숭아나무 그늘에서
가만히 들었습니다 저녁이 오는 소리를

사람에게 묻는다

— 휴틴

땅에게 물었다
땅은 땅과 어떻게 사는가?
땅이 대답하기를
우리는 서로 존경합니다

물에게 물었다
물과 물은 어떻게 사는가?
물이 대답하기를
우리는 서로 채워줍니다

사람에게 묻는다
사람은 사람과 어떻게 사는가?
스스로 한번 대답해보라

PART 2

당신은 그를
사랑하고 있는 것

어떤 사람이
비수처럼 느껴질 때
날카로운 것으로
당신의 마음을 마구 휘젓고
가슴 에이게 한다면

당신은 그를
사랑하고 있는 것

예전엔 미처 몰랐어요

김소월

봄 가을 없이 밤마다 돋는 달도
예전엔 미처 몰랐어요

이렇게 사무치게 그리울 줄도
예전엔 미처 몰랐어요

달이 암만 밝아도 쳐다볼 줄을
예전엔 미처 몰랐어요

이제금 저 달이 설움인 줄을
예전엔 미처 몰랐어요

얼굴

— 박인환

우리 모두 잊혀진 얼굴들처럼
모르고 살아가는 남이 되기 싫은 까닭이다.

기를 꽂고 산들, 무얼 하나
꽃이 내가 아니듯
내가 꽃이 될 수 없는 지금
물빛 몸매를 감은
한 마리 외로운 학으로 산들 무얼 하나
사랑하기 이전부터
기다림을 배워버린 습성으로 인해
온 밤내 비가 내리고 이젠 내 얼굴에도
강물이 흐르는데……

가슴에 돌단을 쌓고
손 흔들던 기억보다 간절한 것은
보고 싶다는, 보고 싶다는 단 한 마디
먼지 나는 골목을 돌아서다가
언뜻 만나서 스쳐간 바람처럼
쉽게 헤어져버린 얼굴이 아닌 다음에야……

신기루의 이야기도 아니고
하늘을 돌아 떨어진 별의 이야기도 아니고
우리 모두 잊혀진 얼굴들처럼 모르고 살아가는

남
남이 되기 싫은 까닭이다.

사랑은

— **오스카 해머스타인**

종은 당신이 울리기 전에는
종이 아니다.

노래는 당신이 부르기 전에는
노래가 아니다.

당신의 마음속에 있는 사랑도
거기에 머무르게 해서는 안 된다.

사랑은 당신이 주기 전에는
사랑이 아니니까.

어둠에 젖어

— **이용악**

마음은 피어
포기포기 어둠에 젖어

이 밤
호올로 타는 촛불을 거느리고

어느 벌판에로 가리
어른거리는 모습마다
검은 머리 향그러이 검은 머리
가슴을 덮고 숨고 마는데

병들어 벗도 없는 고을에
눈은 내리고
멀리서 철길이 운다.

젊은 시인에게 주는 충고

라이너 마리아 릴케

마음속 풀리지 않는 모든 문제들에 대해
인내를 가져라
문제 그 자체를 사랑하라
지금 당장 주어질 순 없으니까
중요한 건
모두를 살아보는 것이다
지금 그 문제들을 살아라
그러면 언젠가 먼 미래에
자신도 알지 못하는 사이에
삶이 너에게 해답을 줄 테니까

물새알 산새알

— **박목월**

물새는
물새라서 바닷가 바위 틈에
알을 낳는다.
보얗게 하얀
물새알.

산새는
산새라서 잎수풀 둥지 안에
알을 낳는다.
알락달락 얼룩진
산새알.

물새알은
간간하고 짭조름한
미역 냄새
바람 냄새.

산새알은
달콤하고 향긋한

풀꽃 냄새
이슬 냄새.

물새알은
물새알이라서
날갯죽지 하얀
물새가 된다.

산새알은
산새알이라서
머리꼭지에 빨간 댕기를 드린
산새가 된다.

산새알은
달콤하고
향긋한
풀꽃냄새
이슬냄새

우리가 물이 되어

강은교

우리가 물이 되어 만난다면
가문 어느 집에선들 좋아하지 않으랴
우리가 키 큰 나무와 함께 서서
우르르 우르르 비오는 소리로 흐른다면

흐르고 흘러서 저물녘엔
저 혼자 깊어지는 강물에 누워
죽은 나무뿌리를 적시기도 한다면
아아, 아직 처녀인
부끄러운 바다에 닿는다면

그러나 지금 우리는
불로 만나려 한다
벌써 숯이 된 뼈 하나가
세상에 불타는 것들을 쓰다듬고 있나니

만 리 밖에서 기다리는 그대여
저 불 지난 뒤에
흐르는 물로 만나자
푸시시 푸시시 불 꺼지는 소리로 말하면서
올때는 인적 그친
넓고 깨끗한 하늘로 오라

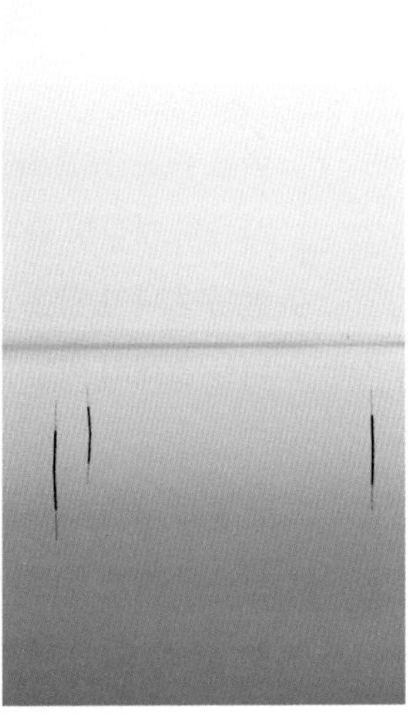

초혼

— 김소월

산산이 부서진 이름이여!
허공(虛空) 중에 헤어진 이름이여!
불러도 주인 없는 이름이여!
부르다가 내가 죽을 이름이여!

심중(心中)에 남아 있는 말 한 마디는
끝끝내 마저 하지 못하였구나.
사랑하던 그 사람이여!
사랑하던 그 사람이여!

붉은 해는 서산 마루에 걸리었다.
사슴의 무리도 슬피 운다.
떨어져 나가 앉은 산 위에서
나는 그대의 이름을 부르노라.

설움에 겹도록 부르노라.
설움에 겹도록 부르노라.
부르는 소리는 비껴가지만
하늘과 땅 사이가 너무 넓구나.

선 채로 이 자리에 돌이 되어도
부르다가 내가 죽을 이름이여!
사랑하던 그 사람이여!
사랑하던 그 사람이여!

지금 오는 이 이별은

박규리

이 나이에 오는 사랑은
다 져서 오는 사랑이다
뱃속을 꾸르륵거리다
목울대도 넘지 못하고
목마르게 내려앉는 사랑이다

이 나이에 오는 이별은
멀찍이 서서
건너지도 못하고
되돌이키지도 못하고
가는 한숨 속에 해소처럼 끓어지는 이별이다

지금
오는
이
이별은
다 져서 질 수도 없는 이별이다

님의 침묵

— 한용운

님은 갔습니다. 아아 사랑하는 나의 님은 갔습니다.

푸른 산빛을 깨치고 단풍나무숲을 향하여 난 작은 길을 걸어서 차마 떨치고 갔습니다.

황금의 꽃같이 굳고 빛나던 옛 맹서는 차디찬 티끌이 되어서 한숨의 미풍으로 날아갔습니다.

날카로운 첫 '키쓰'의 추억은 나의 운명의 지침을 돌려놓고 뒷걸음쳐서 사라졌습니다.

나는 향기로운 님의 말소리에 귀먹고 꽃다운 님의 얼굴에 눈멀었습니다.

사랑도 사람의 일이라 만날 때에 미리 떠날 것을 염려하고 경계하지 아니한 것은 아니지만 이별은 뜻밖의 일이 되고 놀란 가슴은 새로운 슬픔에 터집니다.

그러나 이별을 쓸데없는 눈물의 원천을 만들고 마는 것은 스스로 사랑을 깨치는 것인 줄 아는 까닭에 걷잡을 수 없는 슬픔의 힘을 옮겨서 새 희망의 정수박이에 들어부었습니다.

우리는 만날 때에 떠날 것을 염려하는 것과 같이 떠날 때에 다시 만날 것을 믿습니다.

아아 님은 갔지마는 나는 님을 보내지 아니하였습니다.

제 곡조를 못 이기는 사랑의 노래는 님의 침묵을 휩싸고 돕니다.

자기 연민

— 데이비드 허버트 로렌스

나는 이제껏 자신을 동정하는
들짐승을 본 적이 없다.

얼어 죽어 나뭇가지에서 떨어지는 한 마리 작은 새조차
자신을 슬퍼하지 않는다.

Self - Pity

— **David Herbert Lawrence**

I never saw a wild thing
sorry for itself.

A small bird will drop frozen dead from a bough
without ever having felt sorry for itself.

고별

— 조지 고든 바이런

귀여운 그대여,
그대 입맞춤 곱게 간직하여
내 입술을 영영 떠날 날이 없을 것이다
지금보다 더 행복한 우리가 되어서
그 선물 그대 입술에 되돌려줄 때까지

헤어지는 그대 눈가에 반짝이는 괴로움
우리 모두 괴로운 눈빛인데
그대 눈동자에 고인 눈물
오히려 내게 변치 마라 이르는 걸까

홀로 마음 다독여보지만
나 결코 행복하길 바라지 않고
추억조차 바라지 않는다
오직 그대만이 나의 전부인 것을

쓰지도 말하지도 말자, 그러기에는

나의 붓도 마음도 지쳤구나

아, 이 심정을 무엇이라 말하리
이미 말하기조차 괴로운 것을

기쁘거나 슬프거나 밤낮없이
뜻과 같지 않은 마음인데
드러낼 수 없는 사랑만이 가슴을 에고
나 그대로 인해 가슴을 앓는다

봄비

— 김억

봄날 저녁에 내리는 비는
보슬보슬 고요도 합니다.

마을 앞에 버들가지는
어린 움이 눈을 내입니다.

연못가의 개나리 가지엔
꽃봉오리가 떨어집니다.

봄날 저녁에 내리는 비는
보슬보슬 고요도 합니다.

비수

— 프란츠 카프카

어떤 사람이
비수처럼 느껴질 때
날카로운 것으로
당신의 마음을 마구 휘젓고
가슴 에이게 한다면

당신은 그를
사랑하고 있는 것

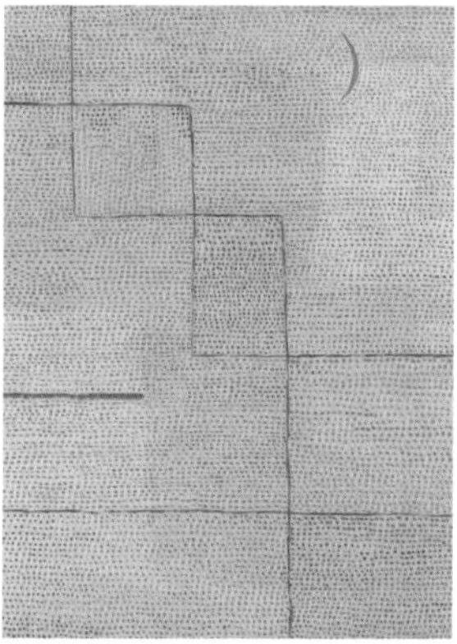

PART 3

아무리 찾으려도 없는 얼굴이여

바람 센 오늘은 더욱 너 그리워
진종일 헛되이 나의 마음은
공중의 깃발처럼 울고만 있나니
오오 너는 어드메 꽃같이 숨었느뇨

11월

나태주

돌아가기엔 이미 너무 많이 와버렸고
　버리기에는 차마 아까운 시간입니다

어디선가 서리 맞은 어린 장미 한 송이
　피를 문 입술로 이쪽을 보고 있을 것만 같습니다

낮이 조금 더 짧아졌습니다
　더욱 그대를 사랑해야 하겠습니다

향내 없다고

— **김영랑**

향내 없다고 버리실라면
내 목숨 꺾지나 말으시오
외로운 들꽃은 들가에 시들어
철없는 그이의 발끝에 좋을걸

바다와 나비

김기림

아무도 그에게 수심을 일러 준 일이 없기에
흰 나비는 도무지 바다가 무섭지 않다

청(靑)무우밭인가 해서 내려갔다가는
어린 날개가 물결에 절어서
공주처럼 지쳐서 돌아온다

삼월달 바다가 꽃이 피지 않아서 서글픈
나비 허리에 새파란 초생달이 시리다

첫사랑

— 요한 볼프강 폰 괴테

아 누가 돌려주랴, 그 아름답던 날
첫사랑의 그때를
아, 누가 돌려주랴
그 아름답던 시절의 오직 한 순간만이라도

외로이 나는 이 상처를 키우며
쉼없이 되살아나는 슬픔에
잃어버린 행복을 서러워할 뿐
아, 누가 돌려주랴 그 아름답던 나날
첫사랑 그 즐거운 때를

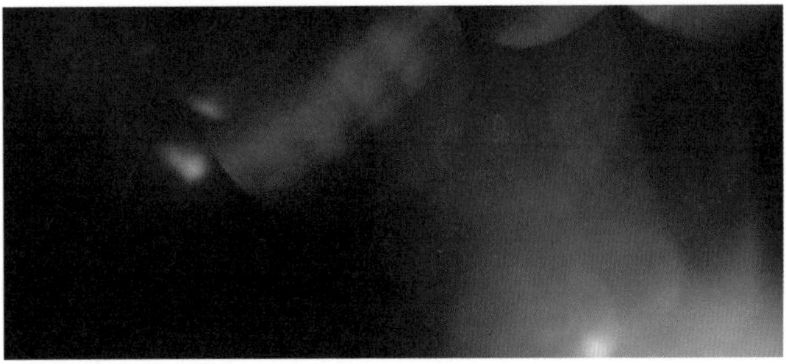

꽃이 예쁜가요, 제가 예쁜가요?

— 이규보

진주 이슬 머금은 모란꽃을
새색시 꺾어 들고 창가를 지나네
웃음 띤 얼굴로 신랑에게 묻기를
꽃이 예쁜가요, 제가 예쁜가요
짓궂은 신랑 장난치기를
꽃이 더 예쁘구려

꽃이 더 예쁘단 말에 삐진 새색시
꽃가지를 밟아 짓이겨버리네
꽃이 저보다 더 좋으시다면
오늘 밤 꽃과 주무시구려

꿈 깨고서

— **한용운**

님이면은 나를 사랑하련마는 밤마다 문밖에 와서 발자취 소리
만 내고 한 번도 들어오지 아니하고 도로 가니 그것이 사랑인가요
그러나 나는 발자취나마 님의 문밖에 가본 적이 없습니다
아마 사랑은 님에게만 있나 봐요

아아 발자취 소리나 아니더면 꿈이나 아니 깨었으련마는
꿈은 님을 찾아가려고 구름을 탔었어요

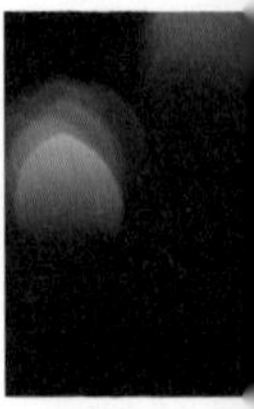

새로운 길

윤동주

내를 건너서 숲으로
고개를 넘어서 마을로

어제도 가고 오늘도 갈
나의 길 새로운 길

민들레가 피고 까치가 날고
아가씨가 지나고 바람이 일고

나의 길은 언제나 새로운 길
오늘도 …… 내일도 ……

내를 건너서 숲으로
고개를 넘어서 마을로

가지가 담을 넘을 때

— 정끝별

이를테면 수양의 늘어진 가지가 담을 넘을 때
그건 수양 가지만의 일은 아니었을 것이다
얼굴 한번 못 마주친 애먼 뿌리와
잠시 살 붙였다 적막히 손을 터는 꽃과 잎이
혼연일체 믿어주지 않았다면
가지 혼자서는 한없이 떨기만 했을 것이다

한 닷새 내리고 내리던 고집 센 비가 아니었으면
밤새 정분만 쌓던 도리 없는 폭설이 아니었으면
담을 넘는다는 게
가지에게는 그리 신명 나는 일이 아니었을 것이다
무엇보다 가지의 마음을 머뭇 세우고
담 밖을 가둬두는
저 금단의 담이 아니었으면
담의 몸을 가로지르고 담의 정수리를 타 넘어
담을 열 수 있다는 걸
수양의 늘어진 가지는 꿈도 꾸지 못했을 것이다

그러니까 목련 가지라든가 감나무 가지라든가

줄장미 줄기라든가 담쟁이 줄기라든가

가지가 담을 넘을 때 가지에게 담은
무명에 획을 긋는
도박이자 도반이었을 것이다

진달래꽃

김소월

나 보기가 역겨워
가실 때에는
말없이 고이 보내 드리오리다

영변에 약산
진달래꽃
아름 따다 가실 길에 뿌리오리다

가시는 걸음걸음
놓인 그 꽃을
사뿐히 즈려밟고 가시옵소서

나 보기가 역겨워
가실 때에는
죽어도 아니 눈물 흘리오리다

엄마 걱정

— 기형도

열무 삼십 단을 이고
시장에 간 우리 엄마
안 오시네, 해는 시든 지 오래
나는 찬밥처럼 방에 담겨
아무리 천천히 숙제를 해도
엄마 안 오시네, 배추잎 같은 발소리 타박타박
안 들리네, 어둡고 무서워
금간 창 틈으로 고요히 빗소리
빈방에 혼자 엎드려 훌쩍거리던

아주 먼 옛날
지금도 내 눈시울을 뜨겁게 하는
그 시절, 내 유년의 윗목

낙엽

— 윌리엄 버틀러 예이츠

가을은 우리를 사랑하는 긴 잎사귀 위에 머뭅니다,
보릿단 속에 든 새앙쥐에게도.
머리 위 마가목나무 잎새는 노랗게 물들고
이슬 맺힌 산딸기도 노랗게 물들었습니다.

사랑이 시드는 계절이 닥쳐와
지금 우리의 슬픈 영혼은 피곤하고 지쳤습니다.
헤어집시다, 정열의 계절이 다 가기 전에
그대 수그린 이마에 키스와 눈물을 남기고.

The Falling of Leaves

— **William Butler Yeats**

Autumn is over the long leaves that love us,
And over the mice in the barley sheaves;
Yellow the leaves of the rowan above us,
And yellow the wet wild-strawberry leaves.

The hour of the waning of love has beset us,
And weary and worn are our sad souls now;
Let us part, ere the season of passion forget us,
With a kiss and a tear on thy drooping brow.

운석처럼

— 신석정

외로운 밤에는
자꾸만 별을 보았다.

더 외로운 밤에는
찬란한 유성이 되고 싶었다.

그렇게 곱디곱게 타다간
그렇게 낭자하게 타다간

네 심장 가까운 곳에
운석처럼 묻히고 싶었다.

그리움

유치환

오늘은 바람이 불고
나의 마음은 울고 있다
일찍이 너와 거닐고 바라보던 그 하늘 아래 거리언마는
아무리 찾으려도 없는 얼굴이여
바람 센 오늘은 더욱 너 그리워
진종일 헛되이 나의 마음은
공중의 깃발처럼 울고만 있나니
오오 너는 어드메 꽃같이 숨었느뇨

연인

— 폴 엘뤼아르

그녀는 내 눈꺼풀 위에 서 있다
그녀의 머리칼은 내 머리칼 속에
그녀는 내 손의 모양을 가졌다
그녀는 내 눈의 빛깔을 가졌다
그녀는 내 그림자 속에 삼켜진다
마치 하늘에 던져진 돌처럼

그녀의 빛나는 눈동자 속에서
나는 잠들지 못한다
환한 대낮에 그녀의 꿈은
태양을 증발시키고
나를 웃기고, 울리고, 웃기고
별 할 말이 없는데도 말하게 한다

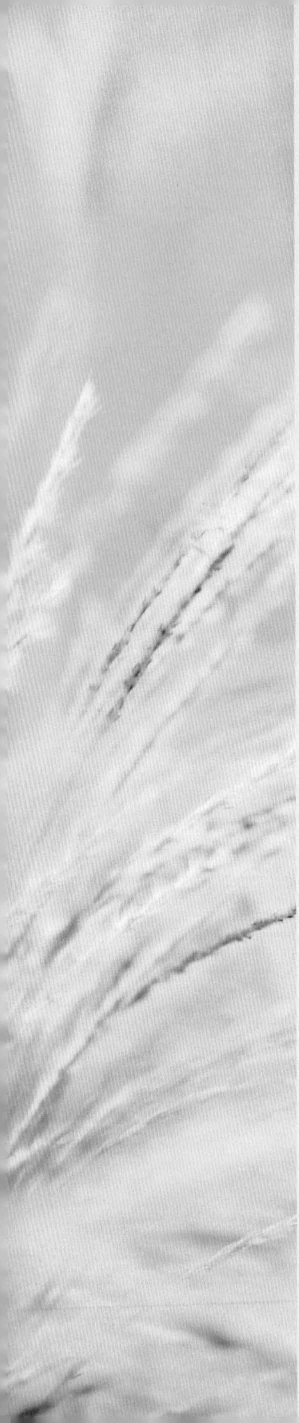

PART 4

마음도 허공도 한 꽃송이

사랑은
꿈이다가 생시이다가
그 전부이다가
마침내
아무것도 아닌 것이 되는 일이다

청포도

이육사

내 고장 칠월은
청포도가 익어 가는 시절

이 마을 전설이 주저리주저리 열리고
먼 데 하늘이 꿈꾸려 알알이 들어와 박혀

하늘 밑 푸른 바다가 가슴을 열고
흰 돛단배가 곱게 밀려서 오면

내가 바라는 손님은 고달픈 몸으로
청포(靑袍)를 입고 찾아온다고 했으니

내 그를 맞아 이 포도를 따 먹으면
두 손은 함뿍 적셔도 좋으련

아이야 우리 식탁엔 은쟁반에
하이얀 모시 수건을 마련해두렴

접시꽃 당신

— 도종환

옥수수 잎에 빗방울이 나립니다
오늘도 또 하루를 살았습니다
낙엽이 지고 찬바람이 부는 때까지
우리에게 남아 있는 날들은
참으로 짧습니다
아침이면 머리맡에 흔적 없이 빠진 머리칼이 쌓이듯
생명은 당신의 몸을 우수수 빠져나갑니다
씨앗들도 열매로 크기엔
아직 많은 날을 기다려야 하고
당신과 내가 갈아엎어야 할
저 많은 묵정밭은 그대로 남았는데
논두렁을 덮는 망촛대와 잡풀가에
넋을 놓고 한참을 앉았다 일어섭니다
마음 놓고 큰 약 한번 써보기를 주저하며
남루한 살림의 한구석을 같이 꾸려오는 동안
당신은 벌레 한 마리 함부로 죽일 줄 모르고
악한 얼굴 한번 짓지 않으며 살려 했습니다
그러나 당신과 내가 함께 받아들여야 할
남은 하루하루의 하늘은

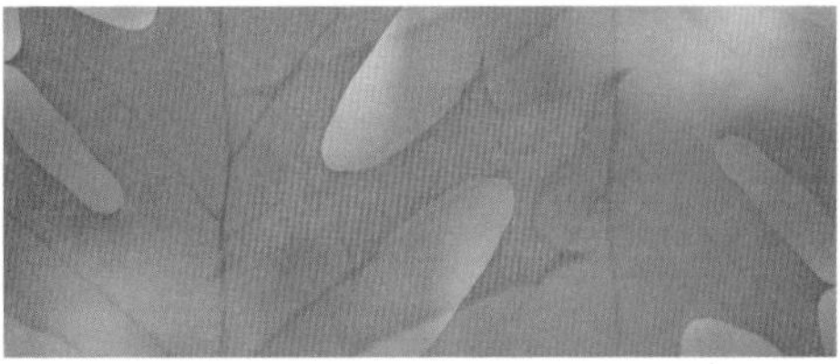

끝없이 밀려오는 가득한 먹장구름입니다
처음엔 접시꽃 같은 당신을 생각하며
무너지는 담벼락을 껴안은 듯
주체할 수 없는 신열로 떨려왔습니다
그러나 이것이 우리에게 최선의 삶을
살아온 날처럼, 부끄럼 없이 살아가야 한다는
마지막 말씀으로 받아들여야 함을 압니다
우리가 버리지 못했던
보잘것없는 눈높음과 영욕까지도
이제는 스스럼없이 버리고
내 마음의 모두를 더욱 아리고 슬픈 사람에게
줄 수 있는 날들이 짧아진 것을 아파해야 합니다
남은 날은 참으로 짧지만
남겨진 하루하루를 마지막 날인 듯 살 수 있는 길은
우리가 곪고 썩은 상처의 가운데에
있는 힘을 다해 맞서는 길입니다
보다 큰 아픔을 껴안고 죽어가는 사람들이
우리 주위엔 언제나 많은데
나 하나 육신의 절망과 질병으로 쓰러져야 하는 것이

그러나 이것이 우리에게 최선의 삶을
살아온 날처럼, 부끄럼 없이 살아가야 한다는
마지막 말씀으로 받아들여야 함을 압니다

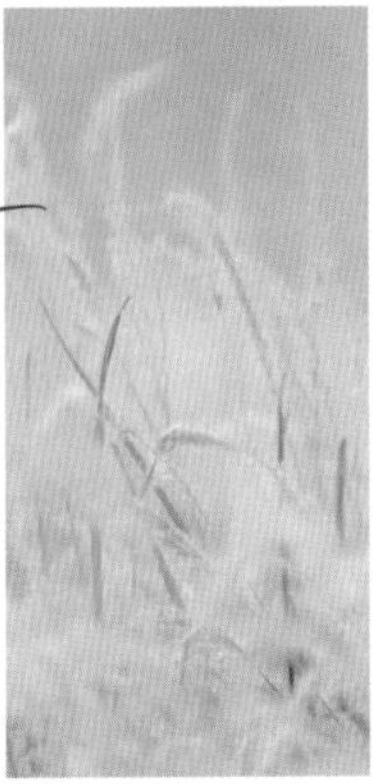

가슴 아픈 일임을 생각해야 합니다
콩댐한 장판같이 바래어가는 노랑꽃 핀 얼굴 보며
이것이 차마 입에 떠올릴 수 있는 말은 아니지만
마지막 성한 몸뚱어리 어느 곳 있다면
그것조차 끼워넣어야 살아갈 수 있는 사람에게
뿌듯이 주고 갑시다
기꺼이 살의 어느 부분도 떼어주고 가는 삶을
나도 살다가 가고 싶습니다
옥수수잎을 때리는 빗소리가 굵어집니다
이제 또 한 번의 저무는 밤을 어둠 속에서 지우지만
이 어둠이 다하고 새로운 새벽이 오는 순간까지
나는 당신의 손을 잡고 당신 곁에 영원히 있습니다

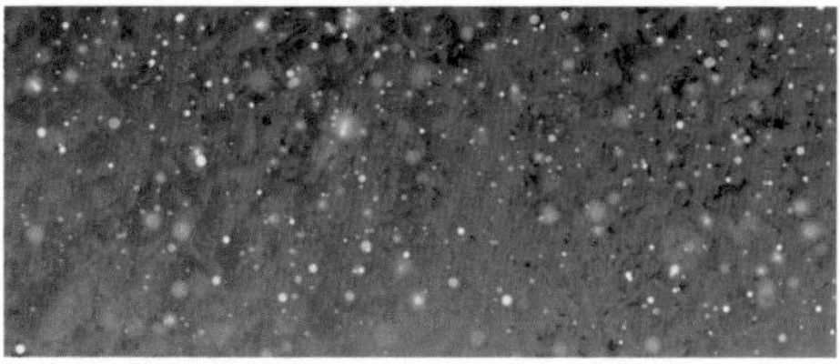

기다림

— 피천득

아빠는 유리창으로
살며시 들여다보았다

귓머리 모습을 더듬어
아빠는 너를 금방 찾아냈다

너는 선생님을 쳐다보고
웃고 있었다

아빠는 운동장에서
종 칠 때를 기다렸다

새떼

문정희

흐르는 것이 어디 강물뿐이랴
피도 흘러서 하늘로 가고
가랑잎도 흘러서 하늘로 간다
어디서부터 흐르는지도 모르게
번쩍이는 길이 되어
떠나감 되어

끝까지 잠 안 든 시간을
조금씩 얼굴에 묻혀가지고
빛으로 포효하며
오르는 사랑아
그걸 따라 우리도 모두 흘러서
울 이유도 없이
하늘로 하늘로 가고 있나니

애타는 가슴 하나 달랠 수 있다면

— **에밀리 디킨슨**

애타는 가슴 하나 달랠 수 있다면
내 삶은 결코 헛되지 않으리
한 생명의 아픔 덜어줄 수 있거나
괴로움 하나 달래줄 수 있다면

혹은 헐떡이는 작은 새 한 마리
다시 둥지에 오르게 도와줄 수 있다면
내 삶은 결코 헛되지 않으리.

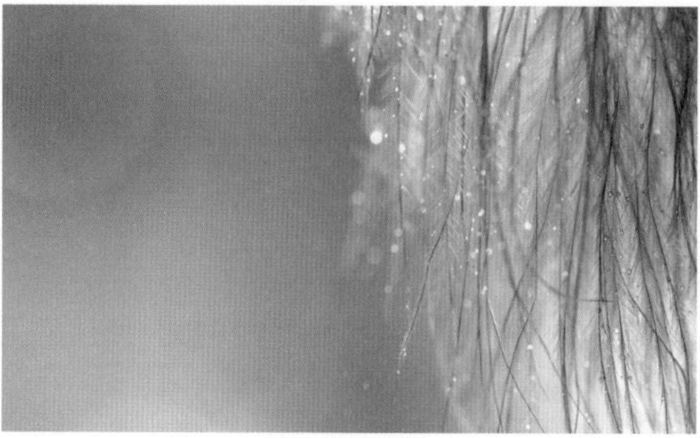

If I can stop one Heart from breaking

— **Emily Dickinson**

If I can stop one Heart from breaking
I shall not live in vain
If I can ease one Life the Aching
Or cool one Pain

Or help one fainting Robin
Unto his Nest again
I shall not live in Vain.

꽃자리

구상

반갑고 고맙고 기쁘다

앉은 자리가 꽃자리니라!

네가 시방 가시방석처럼 여기는
너의 앉은 그 자리가
바로 꽃자리니라—

반갑고 고맙고 기쁘다

나룻배와 행인

— **한용운**

나는 나룻배
당신은 행인.

당신은 흙발로 나를 짓밟습니다.
나는 당신을 안고 물을 건너갑니다.
나는 당신을 안으면 깊으나 옅으나 급한 여울이나 건너갑니다.

만일 당신이 아니 오시면 나는 바람을 쐬고 눈비를 맞으며 밤에서 낮까지 당신을 기다리고 있습니다.
당신은 물만 건너면 나를 돌아보지도 않고 가십니다그려.
그러나 당신이 언제든지 오실 줄만은 알아요.
나는 당신을 기다리면서 날마다 날마다 낡아갑니다.

나는 나룻배
당신은 행인.

그대의 별이 되어

— 허영자

사랑은
눈멀고
귀먹고
그래서 멍멍히 괴어 있는
물이 되는 일이다

물이 되어
그대의 그릇에
정갈히 담기는 일이다

사랑은
눈 뜨이고
귀 열리고
그래서 총총히 빛나는
별이 되는 일이다

별이 되어
그대 밤하늘을
잠 안 자고 지키는 일이다

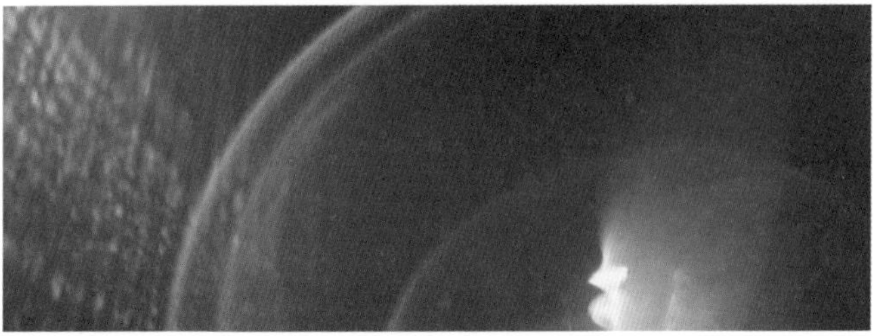

사랑은
꿈이다가 생시이다가
그 전부이다가
마침내
아무것도 아닌 것이 되는 일이다

아무것도 아닌 것이 되어
그대의 한 부름을
고즈넉이 기다리는 일이다.

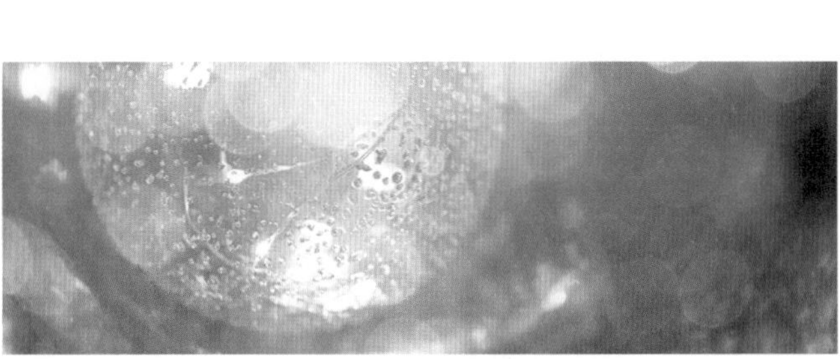

그립다고 말했다

정현종

두루 그립다고
너는 말했다
그러자 너는
꽃이 되었다

그립다는 말
세상을 떠돌아
나도 같이 떠돌아
가는 데마다
꽃이 피었다
닿는 것마다
꽃이 되었다

그리운 마음
허공과 같으니
그 기운 막막히 퍼져
퍼지고 퍼져
마음도 허공도
한 꽃송이!

두루 그립다고
너는 말했다

이 아름다운 5월에

— 하인리히 하이네

이 아름다운 5월
모든 꽃봉오리들이 피어날 때
내 마음속에는
사랑이 꽃피었네

이 아름다운 5월
모든 새들이 노래 부를 때
그녀에게 고백했네
내 그리움과 열망을

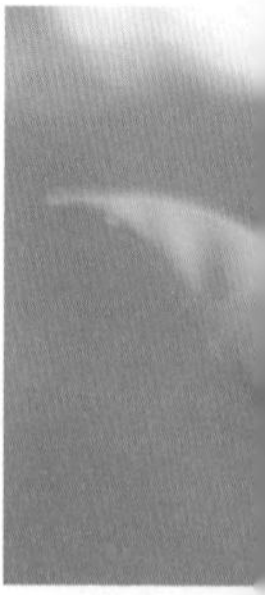

갈대

— 신경림

언제부턴가 갈대는 속으로
조용히 울고 있었다.
그런 어느 밤이었을 것이다. 갈대는
그의 온몸이 흔들리고 있는 것을 알았다.

바람도 달빛도 아닌 것.
갈대는 저를 흔드는 것이 제 조용한 울음인 것을
까맣게 몰랐다.
— 산다는 것은 속으로 이렇게
조용히 울고 있는 것이란 것을
그는 몰랐다.

이타카

콘스탄티노스 P. 카바피

네가 이타카로 가는 길을 나설 때,
기도하라, 그 길이 모험과 배움으로
가득한 오랜 여정이 되기를
라이스트리곤과 키클롭스, 포세이돈의 진노를 두려워마라
네 생각이 고결하고 네 육신과 정신에 숭엄한 감동이 깃들면
그들은 네 길을 가로막지 못하리니
네가 그들을 영혼에 들이지 않고
네 영혼이 그들을 앞세우지 않으면
라이스트리곤과 키클롭스와
사나운 포세이돈 그 무엇과도 마주치지 않으리

기도하라, 네 길이 오랜 여정이 되기를
크나큰 즐거움과 크나큰 기쁨을 안고
미지의 항구로 들어설 때까지
네가 맞이할 여름날의 아침은 수없이 많으니
페니키아 시장에서 잠시 길을 멈춰
어여쁜 물건들을 사거라
자개와 산호와 호박과 흑단 온갖 관능적인 향수들을
무엇보다도 향수를, 주머니 사정이 허락하는 최대한,
이집트의 여러 도시들을 찾아가 현자들에게 배우고 또 배우라

언제나 이타카를 마음에 두라
네 목표는 그곳에 이르는 것이니
그러나 서두르지는 마라
네 갈 길이 오래더라도 늙어져서
그 섬에 이르는 것이 더 나으니
길위에서 너는 풍요로워졌으니
이타카가 너를 풍요롭게 해주기를 기대하지 마라

이타카는 너에게 아름다운 여행을 선사했고
이타카가 없었다면 네 여정은 시작되지도 않았으니
이제 이타카는 너에게 줄 것이 하나도 없구나

설령 그 땅이 불모지라 해도
이타카는 너를 속인 적이 없고
길위에서 너는 현자가 되었으니
마침내 이타카의 가르침을 이해하리라

산비둘기

— 장 콕토

산비둘기 두 마리가
정다운 마음으로
서로 사랑했지요.

그 나머지는
차마 말할 수 없어요.

사랑은

— 변영로

사랑은 겁 없는 가슴으로서
부드러운 님의 가슴에 건너 매여진
일렁일렁 흔들리는 실이니

사람이 목숨 가리지 않거든
그 흔들리는 실 끊어지기 전
저 편 언덕 건너가자.

PART 5

그래도 너와 함께 가야 한다지

나는 내 말만 하고
바다는 제 말만 하며
술은 내가 마시는데
취하긴 바다가 취하고
성산포에서는
바다가 술에 더 약하다

섬

정현종

사람들 사이에 섬이 있다
그 섬에 가고 싶다

행복

— 나태주

저녁 때
돌아갈 집이 있다는 것

힘들 때
마음속으로 생각할 사람이 있다는 것

외로울 때
혼자서 부를 노래 있다는 것.

선물

— 사라 티즈데일

나는 한평생 살면서
첫사랑에게는 웃음을,
두 번째 사랑에게는 눈물을,
세 번째 사랑에게는 침묵을 주었다.

첫사랑은 내게 노래를 주었고
두 번째 사랑은 내 눈을 뜨게 했다
아, 그러나 내게 영혼을 준 것은

세 번째 사랑이었어라.

Gifts

— **Sara Teasdale**

I gave my first love laughter,
I gave my second love tears,
I gave my third love silence

Through all the years.

My first love gave me singing,
My second love eyes to see,
But, oh, it was my third love

Who gave my soul to me.

술에 취한 바다

이생진

성산포에서는
남자가 여자보다
여자가 남자보다
바다에 가깝다
나는 내 말만 하고
바다는 제 말만 하며
술은 내가 마시는데
취하긴 바다가 취하고
성산포에서는
바다가 술에
더 약하다

그 사람을 가졌는가

— **함석헌**

만릿길 나서는 날
처자를 내맡기며
맘놓고 갈 만한 사람
그 사람을 그대는 가졌는가

온 세상 다 나를 버려
마음이 외로울 때에도
'저 맘이야' 하고 믿어지는
그 사람을 그대는 가졌는가

탔던 배 꺼지는 시간
구명대 서로 사양하며
"너만은 제발 살아다오" 할
그 사람을 그대는 가졌는가

(마지막 숨 넘어오는 순간
그 손을 부썩 쥐며,
'여보게 이 조선을' 할
그 사람을 그대는 가졌는가)

불의의 사형장에서
'다 죽여도 너희 세상 빛을 위해
저만은 살려두거라' 일러줄
그 사람을 그대는 가졌는가

잊지 못할 이 세상을 놓고 떠나려 할 때
"저 하나 있으니" 하며
빙긋이 웃고 눈을 감을
그 사람을 그대는 가졌는가

온 세상의 찬성보다도
"아니" 하고 가만히 머리 흔들 그 한 얼굴 생각에
알뜰한 유혹을 물리치게 되는
그 사람을 그대는 가졌는가

(가졌거든 그대는 행복이니라
그도 행복이니라
그 둘을 가지는 이 세상도 행복이니라
그러나 없거든 거친 들에 부끄럼뿐이니라)

잊지 못할 이 세상을
놓고 떠나려 할 때
"저 하나 있으니" 하며
빙긋이 웃고 눈을 감을
그 사람을 그대는 가졌는가

봄의 말

— **헤르만 헤세**

아이들은 봄이 속삭이는 소리를 다 안다.
살아라. 자라나라, 피어나라, 희망하라, 사랑하라,
기뻐하라, 새싹을 움트게 하라,
몸을 던지고, 삶을 두려워하지 마라!

노인들은 봄이 속삭이는 소리를 다 안다.
노인이여, 땅속에 묻혀라,
씩씩한 아이들에게 자리를 내주어라,
몸을 던지고, 죽음을 두려워하지 마라!

내 나이 스물하고 하나였을 때

— 앨프리드 E. 하우스먼

내 나이 스물하고 하나였을 때
어느 현명한 사람이 내게 말했습니다.
"크라운, 파운드, 기니는 다 주어도
네 마음만은 주지 말거라.
진주와 루비는 모두 주어도
네 자유로움만은 잃지 말아라."
하지만 내 나이 스물하고 하나였으니
나는 귀담아 듣지 않았습니다.
다시 그가 내게 말했습니다.
"마음에서 우러난 사랑은
늘 대가를 치르는 법.
그 사랑은 넘치는 한숨과
끝없는 후회 속에서 얻어진단다."
지금 내 나이 스물하고 둘,
아, 그것이 진리인 줄을 알게 되었습니다

따뜻한 책

— 이기철

행간을 지나온 말들이 밥처럼 따뜻하다
한 마디 말이 한 그릇 밥이 될 때
마음의 쌀 씻는 소리가 세상을 씻는다
글자들의 숨 쉬는 소리가 피 속을 지날 때
글자들은 제 뼈를 녹여 마음의 단백이 된다
서서 읽는 사람아
내가 의자가 되어줄게 내 위에 앉아라
우리 눈이 닿을 때까지 참고 기다린 글자들
말들이 마음의 건반 위를 뛰어다니는 것은
세계의 잠을 깨우는 언어의 발자국 소리다
엽록처럼 살아 있는 예지들이
책 밖으로 뛰어나와 불빛이 된다
글자들은 늘 신생을 꿈꾼다
마음의 쟁반에 담기는 한 알 비타민의 말들
책이라는 말이 세상을 가꾼다

이니스프리

— 윌리엄 버틀러 예이츠

나 이제 일어나 가리, 이니스프리로 가리,
거기 진흙과 욋가지로 작은 오두막을 짓고
아홉 고랑 콩을 심고 벌통 하나 두고
벌들 잉잉대는 숲에서 홀로 살리.

그리고 나는 거기서 얼마쯤 평화를 누리리, 평화는 서서히
아침의 안개부터 귀뚜라미 우는 곳까지 떨어지니
한밤엔 온통 반짝이는 별빛, 한낮엔 보랏빛 꽃들의 향연,
저녁엔 홍방울새 날개 소리 가득하리라.

나 이제 일어나 가리라, 밤이나 낮이나 항상
호숫가에 철썩이는 나직한 물결 소리 들리니
도로에 서 있을 때나 회색 보도 위에 서 있을 때면
내 가슴 깊숙한 곳에서도 그 물결 소리 들리네.

누가 바람을 보았는가

— **크리스티나 G. 로세티**

누가 바람을 보았는가?
나도 너도 보지 못했지.
그러나 나뭇잎이 매달려 떨고 있을 때,
바람은 질러가고 있다.

누가 바람을 보았는가?
나도 너도 보지 못했지.
그러나 나무들이 머리 숙여 인사할 때
바람은 스쳐가고 있다.

화살과 노래

헨리 워즈워스 롱펠로

화살 하나 공중에 쏘았네
땅에 떨어졌으련만, 어딘지 알 수 없어라—
너무도 빨리 날아가서
눈으로 좇아갈 수 없었네

노래 하나 공중에 띄워 보냈네
땅에 떨어졌으련만, 어딘지 알 수 없어라—
어느 눈이 그처럼 날카롭고 강하여
날아가는 노래를 좇아갈 수 있으리—

아주아주 먼 훗날, 한 참나무에서
아직도 성하게 박혀 있는 화살을 보았네
노래 역시 처음부터 끝까지
벗의 마음속에 그대로 남아 있었네

The Arrow and the Song

— **Henry Wadsworth Longfellow**

I shot an arrow into the air,
It fell to earth, I knew not where;
For, so swiftly it flew, the sight
Could not follow it in its flight.

I breathed a song into the air,
It fell to earth, I knew not where;
For, who has sight so keen and strong,
That it can follow the flight of song?

Long, long afterward, in an oak
I found the arrow, still unbroke;
And the song, from beginning to end,
I found again in the heart of a friend.

바다 3

— **정지용**

외로운 마음이
한종일 두고

바다를 불러—

바다 위로
밤이
걸어온다.

가을의 기도

— 김현승

가을에는
기도하게 하소서……
낙엽들이 지는 때를 기다려 내게 주신
겸허한 모국어로 나를 채우소서.

가을에는
사랑하게 하소서……
오직 한 사람을 택하게 하소서.
가장 아름다운 열매를 위하여 이 비옥한
시간을 가꾸게 하소서.

가을에는
호올로 있게 하소서……
나의 영혼,
굽이치는 바다와
백합의 골짜기를 지나
마른 나뭇가지 위에 다다른 까마귀같이.

웃은 죄

— 김동환

지름길 묻길래 대답했지요.
물 한 모금 달라기에 샘물 떠 주고
그리고는 인사하기 웃고 받았지요.

평양성에 해 안 뜬대두
난 모르오.

웃은 죄밖에.

시인 이름으로 찾아보기 (가나다순)

이 책에 실린 시의 출처

〈11월〉 나태주, 《끝까지 남겨두는 그 마음》 북로그컴퍼니, 2019

〈가을의 기도〉 김현승, 《옹호자의 노래》 선명문화사, 1963

〈가지가 담을 넘을 때〉 정끝별, 《삼천갑자 복사빛》 민음사, 2005

〈갈대〉 신경림, 《농무》, 창비, 1975

〈그 복숭아 나무 곁으로〉 나희덕, 《어두워진다는 것》 창비, 2001

〈그 사람을 가졌는가〉 함석헌기념사업회

〈그대의 별이 되어〉 허영자, 《무지개를 사랑한 걸 후회하지 말자》 좋은날, 1998

〈그리움〉 유치환, 《사랑하였으므로 행복하였네라》 시인생각, 2013

〈그립다고 말했다〉 정현종, 《세상의 나무들》 문학과지성사, 1995

〈기다림〉 피천득, 《피천득 시집》 범우사, 1987

〈꽃자리〉 구상, 《구상무상 _ 구상 시선집》 시월, 2014

〈따뜻한 책〉 이기철, 《노래마다 눈물이 묻어 있다》 시인생각, 2013

〈물새알 산새알〉 박목월, 《산새알 물새알: 박목월 동시집》 푸른책들, 2016

〈봄비〉 김억, 《해파리의 노래(외)》 범우, 2004

〈사랑의 물리학〉 김인육, 《사랑의 물리학》 문학세계사, 2016

〈새떼〉 문정희, 《지금 장미를 따라》 뿔, 2009

〈섬〉 정현종, 《나는 별아저씨》 문학과지성사, 2000

〈술에 취한 바다〉 이생진, 《그리운 바다 성산포》 동천사, 1987

〈얼굴〉 박인환, 《박인환 전 시집》 스타북스, 2018

〈엄마 걱정〉 기형도, 《입 속의 검은 잎》 문학과지성사, 1989

〈우리가 물이 되어〉 강은교, 《우리가 물이 되어》 문학사상사, 1986

〈운석처럼〉 신석정, 《그 먼 나라를 아르십니까》 시인생각, 2013

〈접시꽃 당신〉 도종환, 《접시꽃 당신》 실천문학사, 1986

〈지금 오는 이 이별은〉 박규리, 《이 환장할 봄날에》 창비, 2004

〈찔레〉 문정희, 《지금 장미를 따라》 뿔, 2009

〈행복〉 나태주, 《끝까지 남겨두는 그 마음》 북로그컴퍼니, 2019

〈행복〉 유치환, 《사랑하였으므로 행복하였네라》 시인생각, 2013